L'HOMME HERMAPHRODITE

ET

LA CRÉATION DE LA FEMME

NOUVELLE JAPONAISE

PAR

A. A. LEROS

« Que fallait-il à l'homme ? sécher... son cœur ;
« La femme fut créée, il connut le bonheur. »

NOUVELLE ÉDITION

PARIS
LIBRAIRIE D'AMABLE RIGAUD
RUE SAINTE-ANNE, 50
Et chez les Libraires de Nouveautés

1860

L'HOMME HERMAPHRODITE

ET

LA CRÉATION DE LA FEMME

NOUVELLE JAPONAISE

PAR

A. A. LEROS

« Que fallait-il à l'homme? intéresser son cœur:
« La femme fut créée, il connut le bonheur.

NOUVELLE ÉDITION

PARIS
LIBRAIRIE D'AMABLE RIGAUD
RUE SAINTE-ANNE, 50
Et chez les Libraires de Nouveautés

1860

AU LECTEUR

Cette nouvelle a été imprimée une première fois en 1819, par Chaigneau fils, sous ce titre : LE PHILOSOPHE DE NIPHON OU LA CRÉATION DES FEMMES. Elle ne fut signée que de la lettre R, celle du milieu de mon nom, et elle débutait par ce vers :

« Un philosophe, un fou, c'est parfois même chose. »

Par une circonstance, dont je n'expliquerai pas la singularité, je l'adressai à la *bonne mère*, enseigne d'une marchande de gâteaux, ainsi qu'on peut le voir par l'envoi que je reproduis à la fin de cette feuille et je ne m'occupai pas autrement de cette publication.

J'ai lu dans des journaux, je ne me rappelle pas sous quel titre ni à quel propos, que l'on croyait au Japon ou en Chine que la terre était un poisson ou portée par un poisson. Cela m'a rappelé ma nouvelle. Je l'ai recherchée et relue avec presque autant de plaisir qu'en éprouve un père à revoir ses enfants. Je crus alors devoir en mentionner le titre sur la couverture des *Prônes anecdotiques de l'abbé Rolando*. Puis, après avoir hésité quelque temps, je me suis décidé à faire réimprimer mon œuvre. J'ai modifié le titre, changé le commencement, corrigé et supprimé quelques vers et ajouté quelques autres. S'il s'en trouve de bons, ils appeleront l'indulgence sur les mauvais. J'espère cette indulgence particulièrement des femmes. Je me persuade qu'elles ne me sauront pas mauvais gré de ce que l'on dit d'elles, et je mets ma nouvelle sous leur protection.

Quant aux faits racontés, aux idées émises par le philosophe de Niphon, comme à son système sur le mouvement de la terre, je ne m'en fais pas juge et n'en prends pas la responsabilité.

Février 1860

A. A. L.

L'HOMME HERMAPHRODITE

ET

LA CRÉATION DE LA FEMME

I

LA TERRE POISSON

L'homme de l'univers cherche en vain l'origine;
Ce qu'il ne trouve pas, son esprit l'imagine.
Il bâtit des palais, il les peuple de dieux,
Et croit avoir rempli l'immensité des cieux.
Il connaît, il est vrai, divers points de l'espace,
Et de globes nombreux il indique la place,
Puis s'ouvre l'infini qui l'arrête en chemin.
Qui saurait mesurer ce qui n'a point de fin?
Un esprit circonspect s'attache à cette idée,
Et du monde invisible éloigne sa pensée.
Ainsi faisait Naza, Japonais érudit,

Qui sur notre seul globe appliquait son esprit.

Il se montra d'abord philosophe éclectique,

Cherchant dans les auteurs l'auteur le plus antique,

S'arrêtant, méditant sur les nuits, sur les jours,

Escaladant les monts, des eaux suivant le cours.

Puis un jour il rêva, rêva tout un système

Qu'il prit et proclama pour la vérité même.

C'est là l'homme, en effet, quand, son esprit troublé,

Son jugement malade et son cerveau brûlé,

Un rêve lui survient ; il l'adopte, il le fête,

Et l'on ne saurait plus l'arracher de sa tête.

  Ce système d'abord émut quelques esprits,

Et, pour ou contre lui, fit naître maints écrits ;

Mais le temps calme tout ; tranquille et solitaire,

Naza peut maintenant creuser en paix la terre.

Les pierres du rocher, les sables du vallon,

Ne sont, suivant Naza, qu'écailles de poisson.

Notre globe n'est point une lourde matière

Qu'ait formée l'Eternel d'atômes, de poussière :

C'est un être vivant, un énorme animal,

Produit de l'union et du bien et du mal ;
Principes opposés, mais dont la main du sage
Toujours en les mêlant sut tirer avantage.

   Le poisson de Naza se nourrit dans les airs
Des comètes-poissons qui peuplent l'Univers,
D'étoiles, de soleils, que d'un trait il avale,
Ainsi qu'on voit l'autruche avaler la cigale.
Heureux ! si dans sa course il ne sert quelque jour
A plus puissant que lui de pâture à son tour !
Je tremble au seul penser d'un semblable désastre,
Et déjà je nous vois engloutis par un astre.
Pour comble de terreur, Naza tait sur ce point
Et ce qu'il peut savoir et ce qu'il ne sait point.
Mais du moment funeste éloignons la pensée.
La marche du poisson n'est point embarrassée.
Tour à tour sur le dos, sur le ventre nageant (1),
On le voit dans les airs se mouvoir librement.
De son souffle il produit cette vapeur légère

   (1) Suivant le philosophe, c'est ce qui produit le jour et la nuit.

Qui, s'étendant au loin, forme notre atmosphère.
Ses pores sont pour nous des abîmes profonds,
Et leurs bords inégaux des rochers et des monts.

Nous vivons sur son corps, ainsi qu'on voit l'insecte
Vivre sur l'arbrisseau qu'il ronge et qu'il infecte.
Tout être doit porter maints plus petits que soi ;
Telle est, dit ce savant, notre éternelle loi.
L'homme est à son poisson ce qu'à l'homme est la puce,
Ou bien ce qu'au Parnasse est le poète Musse.

Quand ce fier animal, par nous trop tourmenté,
Se décide à punir notre témérité,
Il agite son corps, jette des flots d'écume
Qui sont des torrents d'eau, de soufre et de bitume.
C'est ainsi que Naza montre à sa nation
La cause d'un déluge ou d'une éruption.

Tout plein de son système, en creusant l'hémisphère,
Il croit pouvoir un jour nous prouver sa chimère ;
Parvenir à percer jusqu'aux chairs du poisson,
Et d'un met savoureux nourrir tout le Japon.
Entièrement imbu de sa première idée,

Dirigé, maîtrisé par la même pensée,

Il sape sans repos et le jour et la nuit

Sans songer qu'arrivant près du but qu'il poursuit,

Il irrite son monstre, expose à sa colère

Lui d'abord, pauvre fou, puis l'île toute entière.

Mais il n'y pense point, s'acharne à son ouvrage:

Et le Temps, loin d'éteindre, augmente son courage.

Souvent une folie a d'heureux résultats.

Et l'on trouve un trésor que l'on ne cherchait pas.

II

L'HOMME HERMAPHRODITE

Un jour notre insulaire, à grands coups de pioche.

Fait voler en éclats la moitié d'une roche.

O joie ! il aperçoit, non de la chair encor,

Non d'or ou de rubis quelque riche trésor,

Mais un gros manuscrit, un savant commentaire

D'auteurs presque aussi vieux que le ciel et la terre,

Et qui, sur les mortels, les esprits et les dieux,

Diffère en certains points du livre des Hébreux.

Qu'on juge du bonheur de notre philosophe !

Avec avidité parcourant chaque strophe,

Il y voit mille faits jusqu'alors inconnus ;

Se rit des préjugés dont nous sommes imbus ;

Plus heureux que Moïse et qu'Azaïs lui-même (1),

De l'Univers entier découvre le système,

Et de son animal..... Mais il faut respecter

Un secret qu'il n'a pas permis de promulguer.

Un jour, bientôt peut-être, à la terre étonnée

Lui-même des vivants dira la destinée :

Dira pourquoi tout naît, tout s'use et se dissout ;

Pourquoi le ver n'est point aussi gros qu'un mammout ;

Pourquoi les passions ont leurs protubérances ;

Pourquoi de nos douleurs naissent nos jouissances ;

Et mille autres pourquoi qu'il me faut taire ici.

(1) Azaïs, l'auteur des *Compensations,* faisait un cours sur la formation des êtres.

Mais un fait est déjà savamment éclairci :

C'est le seul que Naza m'ait permis de traduire,

Et le seul qu'en Europe on puisse encor produire.

   Chacun sait que parmi le règne végétal,

Le règne minéral (1), et le règne animal,

Certains individus, de nature complexe,

Renferment en eux seuls et l'un et l'autre sexe ;

Que, de se reproduire ayant la faculté,

Sans besoins, sans désirs, comme sans volupté,

Leur espèce pourrait couvrir la terre entière

Par la seule vertu de la cause première,

Si, toujours prévoyant et sage en ses décrets,

L'Eternel n'eût fixé leur nombre et leurs progrès.

Mais à de sages lois chaque espèce asservie,

Dans un cercle tracé, donne ou reçoit la vie.

   Tel fut l'homme à l'époque où, las d'un long repos,

Dieu par sa volonté débrouilla le chaos ;

Il ignorait les noms et d'épouse et de mère.

(1) Parmi le règne minéral ! c'est fort douteux, mais c'est
Naza qui le dit, et il n'a probablement pas vérifié le fait.

Croissait, multipliait, sans désirs, sans mystère.

Tous ces riens qu'aujourd'hui l'homme tendre, amoureux,

Préfère à mille biens qui nous viennent des Cieux,

Ces soupirs, ces baisers, cette âme qui s'embrase,

Cette intime union, cette divine extase,

Tout était inconnu. L'hermaphrodite humain

Ne pouvait adoucir ni charmer son destin ;

Toujours seul, parcourant les agrestes rivages,

Ou cherchant le repos dans les sites sauvages,

A peine pensait-il ; à peine quelques mots

S'échappaient de sa bouche et frappaient les échos.

Mais bientôt le lion, le tigre, la panthère,

Tous les êtres cruels qui naissent sur la terre

Vinrent lui disputer le séjour des forêts.

L'homme, s'arma d'un pieu, leur tendit des filets ;

L'esprit de cet instant naquit de sa faiblesse,

Et l'intérêt commun rassembla notre espèce.

III

LES ROIS

Alors quittant les bois, habitant les vallons,
Domptant les animaux, construisant des maisons,
L'homme accroît pas à pas ses besoins, sa richesse.
Trouve l'agriculture, invente le commerce,
Se forme en nations, s'asservit à des lois,
Et, pour vivre plus libre, obéit à des rois.
Cet esprit étendu, que l'étude seconde,
Qui force la nature et la rend plus féconde,
Jusque sur l'homme ainsi réfléchit ses progrès.
L'homme par l'homme même est dompté par degrés ;
L'esprit forge ses fers, l'esprit fait sa puissance,
Et l'esprit tour à tour défend, poursuit, offense.
On ne saurait juger s'il est bon ou fatal :

Il produit à la fois et le bien et le mal ;

Et Rousseau, qui d'esprit à chaque page abonde,

L'accuse en certain lieu des malheurs de ce monde (1).

   Occupé jusqu'ici de préserver ses jours

De la dent du lion, de la griffe de l'ours,

D'asservir ses pareils ou bien de les détruire,

Et, pour la même fin, d'inventer, de produire,

L'homme ignorait encore le vide de son cœur ;

S'il vivait sans chagrins, il vivait sans bonheur.

Les rois furent créés : des Dieux ils sont l'image :

Tout ce que font les rois est bon, est juste, est sage

Ils calculent nos jours, ils règlent nos destins.

Un sceptre suffit seul, seul il les rend divins.

De la bouche des rois tout mot est un oracle (2).

Un roi fait-il un pas ! il a fait un miracle.

A la guerre, il est Mars ; au Conseil, c'est Minos :

Il rend le faible fort, donne l'esprit aux sots,

Et, de sa majesté remplissant ses provinces,

(1) Il paraît que l'on connaissait Jean-Jacques au Japon.
(2) Voyez Casti ; *Animali parlanti, canto primo.*

Par lui seul sont heureux et le peuple et les princes.

    L'homme donc sous les rois, sans crainte pour ses jours,

Voyait languissamment se terminer leur cours.

L'attaquait-on? le roi s'armait pour le défendre.

Lui prenait-on son bien? le roi lui faisait rendre.

Par la grêle son champ était-il ravagé?

Le roi presque aussitôt l'avait dédommagé.

La peste ou la famine est là qui le menace?

Le roi veille, et ces maux à d'heureux jours font place.

Que faire, alors qu'un roi nous défend, nous nourrit?

A quoi l'homme peut-il employer son esprit?

De son oisiveté naquirent mille vices.

Les noires trahisons devinrent ses délices;

L'égoïsme inventa bientôt les coffres-forts,

Et le plus grand bonheur fut l'amas des trésors.

Le mal s'accrut au point qu'il gagna jusqu'aux trônes.

Les rois se combattaient, s'arrachaient leurs couronnes.

Tout n'était plus que crime et que confusion;

Et si Dieu de son sort n'eût eu compassion,

Hélas! c'en était fait de notre humaine espèce.

IV

CRÉATION DE LA FEMME

Quel remède apporta la divine Sagesse ?

Que fallait-il à l'homme ? intéresser son cœur;

La femme fut créée; il connut le bonheur.

L'hermaphrodisme alors quitta l'espèce humaine;

L'homme sentit en lui courir de veine en veine

Une douce chaleur, d'indicibles désirs,

Avant-coureurs d'amour, présages de plaisirs.

Oh! toi, reine des cœurs, dont on chérit l'empire;

Femme! soutiens ma voix, viens animer ma lyre ;

Par toi tout s'embellit; ton souffle est le zéphir

Qui rafraîchit les fleurs, les fait épanouir.

Tes regards sont pour nous des rayons de lumière

Qui raniment les feux et l'ardeur printanière;

Et, tel qu'Eole aux vents, aux fougueux aquilons,

Telle, à son gré, ta voix commande aux passions.

Etre aimant! Etre aimé! Créature céleste!

Souvent dans nos malheurs le seul bien qui nous reste!

Oui! c'est toi dont le ciel fit présent aux humains

Pour calmer leurs fureurs, adoucir leurs destins.

A peine apparais-tu, que déjà sur la terre

On voit fuir devant toi les foudres de la guerre.

L'homme veut admirer librement tes attraits.

Il ne hait plus; il aime, il désire la paix.

Un seul de tes regards a fait naître en son âme

Des désirs inconnus, une amoureuse flamme.

Son cœur devient ardent et timide à la fois.

Ce n'est plus ce sauvage, ancien hôte des bois,

Ni cet être cruel, ce triste hermaphrodite,

Qui pour lui seul sans cesse et travaille et médite :

C'est un être nouveau, tendre, passionné,

Qui fait tout son bonheur du bonheur d'être aimé.

   L'homme n'est plus le fruit d'un acte qu'il ignore,

Il naît de l'être heureux qu'il chérit, qu'il adore.

C'est au plus vif plaisir qu'il sait devoir le jour,
Et le Dieu qui l'anime est le Dieu de l'amour.
Puissant, heureux effet de sa divine essence !
La femme a sa bonté doit toute sa puissance :
Elle nous rend heureux en réformant nos mœurs,
Heureux même en faisant parfois couler nos pleurs ;
Mais ces pleurs ne sont plus l'effet de nos souffrances ;
Ce sont des pleurs d'amour, des pleurs de jouissances.

Tout a changé d'aspect dans la société ;
On ne veut plus fêter, chanter que la beauté ;
C'est elle qui préside aux jeux, aux exercices.
Le guerrier qui combat combat sous ses auspices ;
Et, pour combler sa gloire, on voit des souverains
En ses mains des Etats confier les destins.

O siècle qui suivit un jour si mémorable !
Siècle d'or, de bonheur, que tu fus peu durable !
Né bon, mais inconstant, jaloux, ambitieux,
On vit l'homme bientôt se lasser d'être heureux :
Bientôt les trahisons, les meurtres et la guerre
Revinrent assiéger et désoler la terre :

Le bonheur disparut, fit place à mille maux,

Et la haine aux anciens en joignit de nouveaux.

Mais la femme restait. Son heureuse influence

Tempéra les fureurs, adoucit la vengeance ;

Et l'homme malheureux, par l'homme abandonné,

A périr sans secours ne fut plus destiné.

    C'est ainsi qu'ici-bas s'enchaîne toute chose.

La femme dans nos maux, dans nos cœurs a sa cause,

Et, par un juste effet de l'ordre et de ses lois,

La femme nous soulage et nous aime à la fois.

Désormais contre l'homme ourdit-on quelque trame ?

Pour en trancher le fil, il s'adresse à la femme.

C'est elle qui pour lui sollicite un emploi.

Pour elle on adoucit la rigueur de la loi.

    Sous le toit des cités, sous la hutte de chaume,

Qui découvre les maux, les angoisses de l'homme ?

Qui vole l'arracher aux horreurs de la faim,

Aux pièges du méchant, au fer de l'assassin ?

C'est la femme. Le bien de son être est l'essence.

Elle donne la vie, en soutient l'existence.

Telle est sa destinée : en la créant, les Dieux

Consacrèrent ses jours à rendre l'homme heureux.

Eh! quel siècle oubliera cette action sublime

D'une femme, aux bourreaux dérobant leur victime,

Qui, dans un noir cachot s'abandonnant au sort,

Tremble encor pour l'époux qu'elle arrache à la mort? (1)

Observons un instant l'intérieur d'un ménage,

Où la femme, non moins attentive que sage,

Veille sur ses enfants, leur rend le travail doux,

Les aime, les caresse, et charme son époux?

Autour d'eux la vertu semble étendre sa sphère;

Ils sont environnés d'un heureux atmosphère

Où, dès que l'on parvient, un tendre sentiment

Va porter le bonheur même au cœur du méchant. (2)

Je ne vois point ici la Discorde et sa Pomme;

Je vois l'ami, le guide, et le soutien de l'homme.

(1) Madame de Lavalette. Je me suis permis d'ajouter ce fait au texte Indien.

(2) Ce tableau d'un ménage heureux se retrouve dans les *Prônes anecdotiques* de l'abbé Rolando, au prône sur le mariage.

Lorsque bien jeune encore il assemble des sons,
De la femme il reçoit les premières leçons.
Quand, livré tout entier aux feux de la jeunesse,
Il ne voit que plaisirs, se plonge dans l'ivresse,
Interdit à l'esprit jusqu'aux réflexions,
Et court aveuglément au gré des passions,
C'est elle qui le suit, l'arrête, le modère,
Dirige ses désirs, forme son caractère.
Et, quand l'âge est venu le forcer au repos,
Quand, hélas ! sans désirs, il n'a plus que des maux,
Que son esprit s'éteint, que tout en lui s'altère,
C'est elle encor qui vient soulager sa misère,
Qui l'aide à supporter la rigueur de son sort,
Le soutient, le console, et pleure enfin sa mort.

O femme, qui toujours eut sur moi tant d'empire !
Etre divin, pour qui mon cœur brûle et soupire !
Seul bien pour mille maux qui troublent l'Univers,
C'est à toi qu'aujourd'hui je viens offrir mes vers.

Il est vrai que ma muse inconnue au Parnasse
N'a point des chastes sœurs la fraîcheur ni la grâce :

Qu'on peut lui reprocher d'assez rauques accords
Du désordre partout, des erreurs et des torts.

Mais, ô femme ! que font quelques rimes peu riches,
Quelques vers incorrects, quelques durs hémistiches ?
L'art qui toujours saura te plaire et te charmer,
Ce n'est point l'art des vers, mais c'est celui d'aimer.

FIN.

L'AUTEUR A LA BONNE MÈRE

De vos biscuits, de vos gâteaux,
Femmes, enfants font leurs délices ;
Dans les hôtels, dans les châteaux,
Partout il couvrent les offices :
Du commis jusqu'au grand-seigneur,
Chacun en veut, chacun les aime ;
Et l'on dit que la mode même
De gâteaux a son pourvoyeur.
    Moi de qui la presse féconde
Va mettre au jour trois cents enfants,
Je tremble, hélas ! que tout ce monde

N'ait l'appétit, le goût friands :

Ma bourse est toujours si légère !

Payé si mal est mon labeur !

Mais vous avez, Ô BONNE MÈRE,

L'âme si tendre, un si bon cœur !

De toute ma progéniture

Entourez gâteaux et biscuits :

Fidèle épouse et vierge pure

Les recevront de leurs amis,

Ainsi, parvenant chez les dames,

Sur leur sort on s'attendrira,

Et puis bientôt l'on nourrira

Des enfants qui chantent les femmes.

4171. — Typ. GUIRAUDET et Fils, place de la Mairie, 2, à Neuilly.

Typ. Guiraudet et Fils, place de la Mairie, 2, à Neuilly.